Amor, Paz y Luz

Este libro está dedicado a todos los niños mundo.
Que vivan una vida llena de Amor, Paz y Luz.

Con especial dedicación a mis hijas Katya & Daria
y con toda mi gratitud al Dr. Joseph Michael Levry, fundador de Naam Yoga.

Texto por Joseph Michael Levry
Dirección Creativa por Primavera Salvá
Ilustraciones por Isabelle Duverger

with love,
Primavera

PRÓLOGO

Nada es más valioso que el amor. Trabajar con el amor es algo que está totalmente en sincronía con el Universo. Sin amor, no existiría el cosmos. El mundo entero está sostenido por la energía del amor.

Somos producto del amor, nosotros somos la manifestación pura del amor. El amor es nuestro estado innato y es nuestro derecho al nacer.

Cuando practicamos esta meditación, podemos contrarrestar vibraciones negativas de nuestro alrededor que nos pueden afectar y nos permite atraer a nuestra vida efectos positivos al trabajar con el Amor, la Paz y la Luz.

Compuse esta simple, hermosa y poderosa meditación, para que cualquiera la pueda usar para sanar y elevar a todos los seres de este planeta. Enviemos nuestro Amor, Paz y Luz hacia la Tierra, a las cuatro esquinas de este planeta, para elevar su vibración y permitir que la luz verdadera nos ilumine.

Dr. Joseph Michael Levry

¡Hola!

Mi nombre es Shakti y este lindo pajarito es mi amiga Vida.
¡Juntos te vamos enseñar una meditación muy divertida!
¡Es un juego muy divertido para crear Amor, Paz y Luz en ti,
alrededor tuyo y en el Universo entero!

Todo lo que tienes que hacer es repetir las palabras mágicas
que ves en cada página y mover tus brazos de la forma que
yo lo hago. Vida también nos ayudará hacer la meditación.

¡Espero te diviertas mucho!

Shakti

amor delante de mí

amor detrás de mí

amor a mi izquierda

amor a mi derecha

amor encima de mí

amor debajo de mí

amor en mí

amor en mi entorno

amor a todos

amor al Universo

paz delante de mí

paz detrás de mí

paz a mi izquierda

paz a mi derecha

paz encima de mí

paz debajo de mí

paz en mí

paz en mi entorno

paz a todos

paz al Universo

luz delante de mí

luz detrás de mí

luz a mi izquierda

luz a mi derecha

luz encima de mí

luz debajo de mí

luz en mí

luz en mi entorno

luz a todos

luz al Universo

Nota a los padres:
Amor, Paz y Luz es una meditación de Naam Yoga.
Este libro puede ser leído a los niños como un cuento a la hora de dormir
o como un juego interactivo siguiendo los movimientos de los brazos.
Para aprender más sobre el movimiento de Amor, Paz y Luz visite
www.amorpazluzatodos.com

CPSIA information can be obtained at www.ICGtesting.com
Printed in the USA
BVOW05*1056190716

455736BV00006B/3/P